LA RUSE INUTILE,

COMEDIE
EN UN ACTE EN VERS,

Par M. ROUSSEAU.

Repréſentée pour la premiere fois au Théâtre François le 6 Octobre 1749.

Le prix eſt de 24 ſols.

A PARIS,

Chez SEBASTIEN JORRY, Imprimeur-Libraire, Quai des Auguſtins, près le Pont S. Michel, aux Cigognes.

M. DCC. XLIX.

AVEC PERMISSION.

ACTEURS.

LISIMON.

LUCILE, Fille de Lifimon.

ERASTE, Amant de Lucile.

NERINE, Suivante de Lucile.

PASQUIN, Valet d'Erafte.

La Scene eft dans la maifon de Lifimon.

A SON ALTESSE
SERENISSIME
MONSEIGNEUR
LE DUC DE CHARTRES.

ONSEIGNEUR,

Si je n'avois consulté que le mérite de l'Ouvrage, que j'ose faire paroître sous

votre augufte Nom, j'aurois encore différé de rendre à VOTRE ALTESSE SE-RENISSIME un hommage public ; Elle a daigné agréer un encens que je n'ai préfenté que d'une main tremblante. Je fuis trop payé du fruit de mes veilles, dès qu'il a eu le bonheur de plaire à VOTRE AL-TESSE SERENISSIME, & qu'Elle me permet de faifir cette occafion de lui donner de foibles marques du très - profond respect avec lequel je fuis,

MONSEIGNEUR,

de VOTRE ALTESSE SERENISSIME,

Le très-humble & très-
foumis Serviteur,
ROUSSEAU.

LA RUSE
INUTILE,
COMEDIE.

SCENE PREMIERE.

LISIMON, NERINE.

LISIMON.

'En eſt fait, je me détermine,
Je donne à ma fille un Epoux.

NERINE.

Vous la mariez, dites-vous ?

LISIMON.

Tu peux l'en aſſurer.

NERINE.

Pour moi, je m'imagine....

LISIMON.

Quoi !

NERINE.

Que ce mariage encor ſera remis ;
Vous l'avez ſi ſouvent promis,
Que nous ne comptons plus ſur de ſimples paroles ;
Mais ſçavez-vous, Monſieur, que ces contes frivoles
Pourroient nous engager dans quelque mauvais pas ;
Au Sexe, quand il eſt novice,
L'hymen promet un plaiſir plein d'appas ;

Et quand on ne le goûte pas,
Ce plaisir annoncé dégénére en supplice.
L'Amour se plaint, alors le cœur est combattu.
J'ai souvent éprouvé, Monsieur, qu'à certain âge,
Pour être raisonnable & sage,
Il faut avoir un grand fond de vertu.
J'en parle sçavamment, croyez moi.

LISIMON.

Bagatelle.
Ma fille a du bon sens, & l'éducation.....

NERINE.

Tout cede à l'inclination;
Et dans une jeune cervelle
L'amour fait tant d'impression :
Il la tracasse, il la renverse.
Le devoir parle, on l'écoute un moment;
Mais l'Amour parle encor plus vivement,
Et le plaisir alors se jette à la traverse.

LISIMON.

Je connois trop ma fille, & suis sûr de son cœur.

NERINE.

Il peut changer; l'Amour fait des métamorphoses :
Nous voyons tant roder de ces fripons d'honneur.....
La curiosité fait faire bien des choses.
Un Epoux là-dessus vous met en sûreté;
S'il lui plait, je répons de sa fidelité.
Mais quel est-il ?

LISIMON.

Devine.

NERINE.

Ariste, l'honnête homme ?
Je sçais qu'ainsi partout on le renomme,
Et ce titre est flatteur quand il est mérité.
Je le crois d'une probité
Dont à peu de frais on se pique:
Par quelques déclamations
A prouver sa droiture aujourd'hui l'on s'applique;
Foible & trompeuse Rhétorique !
Que ne fait-on parler ses bonnes actions !
C'est par le bien qu'on fait, que la vertu s'explique.

LISIMON.

Un cœur exempt de vice est sans doute un trésor.
Mais Ariste (fût-il plus honnête homme encor)

N'aura jamais ma fille , il fçait ma politique.
Je ne le cache pas car je le dis tout haut ,
Le bonheur de Lucile eſt mon unique oracle ;
Qu'on ne ſoit pas fripon , c'eſt tout ce qu'il me faut ;
Et ſi mon gendre eſt riche, eût il quelque défaut ;
    Son bien levera tout obſtacle.

N E R I N E.
Ariſte n'a donc pas arrêté votre choix.

L I S I M O N.
Non, il n'eſt qu'honnête homme , & ce n'eſt pas mon compte;
Il vieillit comme un ſot dans les minces emplois.

N E R I N E.
    Lui préférez vous le Vicomte ?

L I S I M O N.
    Le Vicomte !

N E R I N E.
    Oui

L I S I M O N.
    Je m'en garderai bien
La nobleſſe indigente a-t elle rien qui plaiſe ?
Moi , j'aime mieux la roture à ſon aiſe ,
Qu'un très-grand nom , avec très-peu de bien.

N E R I N E.
Penſez vous à Damon, ce ſot , ce ridicule ?

L I S I M O N.
    Il a du bien , c'eſt une qualité.

N E R I N E.
Il le dit ; là-deſſus j'aurois quelque ſcrupule.
Quelle eſt de votre eſprit la ſingularité !
Vous êtes à la fois défiant & crédule ;
Si ce qu'on dit s'accorde avec votre intérêt ,
A le croire , Monſieur , on vous voit d'abord prêt.
    Oui , voila votre caractére.
Quel eſt donc cet Epoux.

L I S I M O N.
    Tu le connois beaucoup.

N E R I N E.
Moi , je le connois !

L I S I M O N.
    Oui.

N E R I N E.
    De grace , encor un coup
Ne m'en faites plus un myſtére.

        A iiij

LISIMON.
C'eſt Eraſte.

NERINE.
Eſt-il vrai?

LISIMON.
Lui-même.

NERINE.
Aſſûrément!

LISIMON.
Aſſûrément.

NERINE.
Monſieur, concluez promptement.

Après avoir un peu rêvé.

Vous badinez la choſe eſt claire :
Il eſt à Londre.

LISIMON.
Il en eſt de retour.

NERINE.
Depuis quand ?

LISIMON.
Depuis quand ! eh parbleu de ce jour,
N'ai-je pas bien choiſi !

NERINE.
Vous ne pouviez mieux faire ;
Il eſt jeune, galant, libéral, fait pour plaire.

LISIMON.
Dis, qu'il eſt riche. Il vient, je vais dès ce moment
Conclure avec lui cette affaire.
Ma fille eſt-elle en ſon appartement ?

NERINE.
Oui, Monſieur.

LISIMON.
Sa préſence ici m'eſt néceſſaire,

NERINE.
Je cours l'en avertir, & vais vous l'amener :
Pour voir un amant jeune & tendre,
Qui plaît, & qu'on veut nous donner,
Nous ne nous faiſons pas attendre.

SCENE II.

LISIMON, ERASTE.

LISIMON.

AH ! de votre retour vous me voyez charmé;
Ma fille vous taxoit déja d'indifference,
Je le craignois auſſi ; j'en étois allarmé ;
C'eſt l'ordinaire effet d'une trop longue abſence.
Elle nuit très ſouvent aux plus tendres amours ;
   Jadis je l'ai ſçû par moi-même ;
  En s'éloignant de l'objet que l'on aime,
   On jure de l'aimer toujours
Les yeux baignés de pleurs on ſe met en voyage,
On traverſe la ville amoureux à la rage ,
Et l'amour très-ſouvent périt dans les fauxbourgs.

ERASTE.

Le véritable amour triomphe de l'abſence.

LISIMON.

   Oui, mais ſes triomphes ſont courts ;
Ce n'eſt pas en amour comme dans la finance,
  Où l'intérêt à ſon droit de préſence.

ERASTE.

J'aime toujours Lucile , & je ne prétens plus
  La demander en mariage.

LISIMON.

Comment ! de votre part j'eſſuîrois un refus ?
Qu'annonce ce diſcours ? elle eſt jeune , elle eſt ſage.

ERASTE.

Je connois ſon mérite , & je lui rends hommage :
Mais enfin mes malheurs....

LISIMON.

   Quels ſont donc ces malheurs ?

ERASTE.

Ah ! Monſieur je retiens avec peine mes pleurs.
Ma fortune eſt....

LISIMON.

Après.

ERASTE.

............eft renverfée.

Et voilà l'obſtacle puiſſant
Par lequel aujourd'hui ma flame eſt traverſée.

LISIMON, à part.

Cet objet là devient intereſſant.

Il a raiſon.

ERASTE.

Pendant le tems de mon abſence,
Un homme en qui j'avois placé ma confiance,
Sur le compte duquel on ne ſoupçonnoit rien . . . .

LISIMON.

Je comprends que votre homme à mal fait vos affaires;
Et les ſiennes un peu trop bien.

ERASTE.

En partant, j'ai laiſſé tous les fonds néceſſaires
pour faire honneur à mes engagemens,
Il les a diſſipés.

LISIMON.

Dieux! quels évenemens.
En qualité de voleur domeſtique,
Il faut le faire pendre. Eh quoi la foi publique
Exige un exemple éclatant.

ERASTE.

Il a diſparu dès l'inſtant.

LISIMON.

N'importe, Il faut le faire pendre;
Suivez en cela mon avis;
Sauf après à vous faire rendre
Ce que ce fripon vous a pris.
Pour moi je ne ſçais pas comment cela ſe paſſe:
Si l'on laiſſe languir un juſte châtiment,
Au bout d'un certain tems ces drôles ont l'audace
De reparoître effrontément:
de tout cela le plus piquant
C'eſt qu'avec notre argent ils achettent leur grace.
Si l'on pouvoit le ratraper! . .
Tout autre Amant que vous m'auroit voulu tromper,
Vous m'avez prévenu, je vous en remercie.

ERASTE.

N'en parlons plus, briſons là, je vous prie.

LISIMON.

Que ne vous dois-je pas !

ERASTE.

Vous ne me devez rien.

LISIMON.

Malgré l'amour . . .

ERASTE.

J'ai fait ce que je devois faire ;
J'aurois trahi l'amour en ofant vous le taire ;
Et mon premier devoir eft d'être homme de bien.

LISIMON.

Dans votre procedé la candeur feule brille :
Eh quoi vous rougiffez de mes remercimens !
Que je fuis pénetré de vos bons fentimens !
Erafte touchez-là . . . . vous n'aurez pas ma fille ;
Mais nous ferons amis ; avec un tel fecours
Vous pourrez aifément oublier vos amours.

ERASTE.

Moy, joublirois Lucile ! eft il en ma puiffance ;
Eloigné, fans efpoir, je l'aimerai toujours ;
L'amour ne finit pas, où le malheur commence.

LISIMON.

J'en conviens avec vous, cela n'eft pas plaifant ;
Mais pour une jeune perfonne
Un epoux malheureux n'eft pas fort amufant :
L'époufe refte, & l'Amour l'abbandonne.
Excufez-moi, mon cher ; l'on m'attend à prefent
Chez un de mes amis pour finir une affaire.

_____

SCENE III.

PASQUIN. ERASTE.

PASQUIN, *en entrant*

EH bien, Monfieur, que venez-vous de faire ;

ERASTE.

Je viens d'inftruire Lifimon . . .

PASQUIN.

De vos malheurs ; qu'elle indifcretion !
Sur cet Article là ne pouviez vous vous taire ?

Il vous a renvoyé leſtement , ſans façon,
Cela doit vous apprendre à n'être plus ſincere.
　　　La faute eſt faite, il faut la reparer;
Avec un peu d'adreſſe on peut vous procurer
　　　quelque moyen pour ſéduire le pere.
　　　　　E R A S T E.
Le ſéduire !
　　　　P A S Q U I N.
　　Agiſſons pour cela de complot.
　　　　E R A S T E.
Qu'oſes-tu propoſer !
　　　　　P A S Q U I N.
　　Qu'un honnête homme eſt ſot !
　　Ma foi, Monſieur , tant de vertu m'aſſomme :
　　　A quoi ſert-il d'être honnête homme,
Dans ce ſiecle d'ingrats? d'être bon , généreux
A ſervir ſes amis d'être attentif, allerte ;
Rendez-leur un ſervice, ils en exigent deux,
Manquez-leur au troiſiéme , injuſtes , ſoupçonneux
　　leur amitié ſe deconcerte.
De la froideur　on paſſe à quelque haine ouverte ,
D'être franc & loyal il eſt trop dangereux ,
　　　Il faut être méchant comme eux,
　　　Puiſqu'on n'eſt bon qu'en pure perte.
Des hommes craignez vous d'être moins ſoupçonné !
Ah ! que leurs ſentimens ſont differens des vôtres !
On vous trompe , trompez , faites comme les autres,
Un vice général n'eſt jamais condamné.
　　　　　E R A S T E.
　　　Ne penſe pas que j'en impoſe ;
Non , non, à ce deſſein ma probité s'oppoſe.
　　　　　P A S Q U I N.
Suivant la circonſtance ayez l'eſprit liant,
　　　Et . . . . .
　　　　　E R A S T E.
　　　C'eſt envain que tu m'en preſſes ;
Un refus , quel qu'il ſoit , eſt moins humiliant,
　　Qu'un ſuccès acheté par les moindres baſſeſſes.
　　　　　P A S Q U I N
Soyez moins délicat, & ſoyez plus heureux :
On peut-être honnête homme, & dans un cas douteux . . . .
　　　　　E R A S T E.
C'eſt là ce que mon cœur n'a jamais pû comprendre.

PASQUIN.

Tant pis : & votre cœur a tort ;
Et surtout en amour cela m'étonne fort,
Où le mois riche est toujours le plus tendre.
Mons Lisimon est facile à surprendre,
A nous deux reparons les caprices du sort.

ERASTE.

Je te deffends de l'entreprendre.
Entends-tu !

PASQUIN.

J'entends bien c'est votre dernier mot ?

ERASTE.

Je dois ce sacrifice à l'Amour le plus tendre.

SCENE IV.

PASQUIN, *seul.*

J'En reviens toujours là ; qu'un honnête homme est sot ?
Que faire ! il me deffend … non, Il a beau deffendre ;
Un maître & si droit , & si bon ,
Mérite que pour lui l'on soit un peu fripon.
Fripon ! Eh comment peut-on l'être
En voulant rendre heureux son maître !
C'est au contraire une bonne action.
Oui , si rien ne détruit le projet qui m'occupe ;
Lucile est son épouse , & le pere est ma dupe.
Un avare est rusé ; mais je le suis aussi :
Je veux forcer le sort à nous être propice ;
Allons y rêver. Le voici.

SCENE V.

LISIMON, PASQUIN.

LISIMON.

AH te voilà, Pasquin !

PASQUIN.

Fort à votre service

LISIMON.
A mon service ! Grand - merci ;
Viens-tu chercher un maître ici !

PASQUIN.
Qui, moi, chercher un Maître !

LISIMON.
Oui, toi.

PASQUIN.
Vous voulez rire,

LISIMON.
Eh non parbleu je parle tout de bon.
Tu me parois un assez bon garçon ;
Ton maître est malheureux . . . .

PASQUIN.
Que voulez-vous donc dire ?

LISIMON.
Ah tu fais l'ignorant ?

PASQUIN.
Le quitter !

LISIMON.
Pourquoi non !

PASQUIN.
Je lui suis attaché,

LISIMON.
D'accord ; cela peut-être ;
Mais après son malheur . . .

PASQUIN.
Un homme comme moi
Doit toujours se faire une loi
De partager les malheurs de son maître ;
Et lui prouver en cette extremité
Que l'on ne peut jamais connoître
Les vrais amis que dans l'adversité.

LISIMON.
Mais comment donc ce sentiment me touche ;
Il est dommage en verité
Qu'il soit échappé de ta bouche.

PASQUIN.
D'avoir des sentimens ne m'est il pas permis ?
Les maîtres que je sers, sont mes premiers amis ;
Leur malheur dans cette m'occupe ;

LISIMON.
On risque d'en être la dupe,

PASQUIN.

Eh bien , eh bien. .... Si je le fuis,
Du moins mon bon cœur m'en confole ;
Si je voulois d'ailleurs lâcher une parole. ...

LISIMON.

Parle fi tu veux.

PASQUIN.

Je ne puis.

LISIMON.

Qu'aurois-tu de bon a me dire !

PASQUIN.

Rien.

LISIMON.

Mais encor . ...

PASQUIN.

J'ai voulu rire.

affectant de rire.

Mon Maître a perdu tous fes biens ,
Il eft bon là.

LISIMON.

Veux-tu foutenir le contraire,
Il me l'a dit lui-même.

PASQUIN.

J'en conviens ;
Et vous croyez être au fait du myftere.

LISIMON.

Quoi ! quel myftere ?

PASQUIN.

Allez votre chemin.
Si je difois un mot , je le répete,
Je vous ferois tourner comme une giroüette.

LISIMON.

Tu le crois !

PASQUIN.

Je fais plus , Monfieur , j'en fuis certain.
Que ne puis-je trahir les fecrets de mon maître !

LISIMON, *à part.*

Il me vient des foupçons. Voudroit il m'attraper ?
Voyons ce que cela peut être.

à Pafquin.

Ecoute , réponds-moi , (car on peut fe tromper)

PASQUIN.

Que voulez-vous que je réponde !

Je suis homme d'honneur partant je ne dis rien.

LISIMON.

Cela se peut.

PASQUIN?

Je le crois bien.

C'est sur un tel secret que son repos se fonde.

Et puisqu'on dit qu'il a perdu ses biens,

Moi, j'y consens, & je m'en tiens

A ce bruit qui court dans le monde.

LISIMON.

Dis-moi.....

PASQUIN.

De tous côtés, Monsieur, vous vous tournez ;

Pour me tirer les vers du nez ;

Mais à la fin vous pourriez me séduire ;

Et je sens qu'avec vous, en cette occasion,

Je ne répondrois pas de ma discrétion,

Il vaut mieux que je me retire.

LISIMON *le retenant.*

Je n'exige de toi qu'un mot.

PASQUIN.

Ah ! Monsieur, laissez-moi de grace.

Vous voudriez....

LISIMON.

Sçavoir ce qui se passe ;

Plus fin que toi, n'est pas un sot.

PASQUIN.

Avoir de l'esprit, moi !

LISIMON.

Tu n'en as que de reste.

PASQUIN.

Vous déconcertez ma pudeur :

Je suis encor passablement modeste ;

J'ai néanmoins servi trois mois chez un Auteur.

LISIMON.

Au fait. Ton Maître....

PASQUIN.

A tort à travers il babille ;

De vous à moi, je déteste un menteur.

LISIMON.

Quoi ! cet homme....

PASQUIN.

Un Caissier ! c'est en détail qu'il pille,

Mais

Mais il n'enleve pas des effets importants.

C'est un jeune homme de famille,
Et qui tient à d'honnêtes gens.

LISIMON.

Pourquoi donc a-t'il pris la fuite?
Que diras-tu? Voyons.

PASQUIN, *à part.*

Il tire à bout portant

haut.

Le hazard l'a voulu.

LISIMON.

Le hazard?... Mais pourtant....

PASQUIN.

Attendez donc, vous allez voir la suite.

LISIMON.

La suite du hazard, n'est-ce pas? On l'entend.

PASQUIN.

Il a tué son homme en se batant.
Il a pris le parti de s'enfuir au plus vîte,
Sans emporter une obole en partant,
Sa conduite, entre nous, est-elle si mauvaise?

LISIMON.

Est-il vrai?....

PASQUIN.

Doutez-en.

LISIMON.

Ceci change la thèse:
Ouida. Parbleu J'en aurois fait autant.

PASQUIN.

Je le crois bien. Maître a saisi cet instant....
Qu'allois-je faire! ô Ciel! J'en serois la victime.
Je suis votre valet.

LISIMON, *le retenant encore.*

Ecoute-moi, Pasquin,
Attends, tu sçais que je t'estime,

PASQUIN.

Vous n'êtes pas le seul. Ah que vous êtes fin !

LISIMON.

Ton Maître me trompoit !....

PASQUIN.

Il en est quelque chose,
Mais je me garde bien de vous le révéler.

B

LISIMON,

Va, ne crains rien ; tu peux parler.
A son courroux crois-tu que je t'expose !
Il vouloit donc. ... là. ... là. ...

PASQUIN.

Que vous êtes rusé !

LISIMON.

Il faut bien l'être un peu. Je ne suis pas aisé.

PASQUIN.

Il y paroit.

LISIMON.

Je disois en moi-même,
Quelques fonds de la caisse avec quelques effets,
Peuvent par ce fripon avoir été distraits,
On le voit tous les jours ; mais une perte extrême,
Tous les biens. ...

PASQUIN.

Les Caissiers sont un peu plus discrets ;
Passe pour un Roman.

LISIMON.

Sans doute.

PASQUIN.

Où tout périt, sans qu'il en coute.

LISIMON.

En disant tout cela, quels sont donc ses desseins ?

PASQUIN.

En vous en informant, je tremble.
Votre fille lui plaît, tous ses détours sont vains ;
Mais comme il n'a jamais pû souffrir les vilains,
Il craint. ...

LISIMON.

Eh que craint-il ! quoi !

PASQUIN.

Qu'elle ne ressemble. ...
A des ladres, Monsieur, comme vous. ... en voyez.

LISIMON.

Il est donc soupçonneux ?

PASQUIN.

Plus que vous ne croyez.

LISIMON.

Tant mieux : de le tromper il sera plus facile.
Acheve.

PASQUIN.

S'il en vient à l'éclaircissement
Il pourra me rosser.

LISIMON.

Te rosser !

PASQUIN.

Oui , vrayment.

Cela seroit pour moi.

LISIMON.

Là dessus sois tranquile.

PASQUIN.

Il fait courir ce bruit pour sçavoir si Lucile
L'aime, là , véritablement ,
Ou bien si son attachement
N'avoit pour tout objet que les biens de mon Maître.
Avant que de former aucun engagement,
Il tâche de la bien connoître ,
Peut-on agir plus prudemment ?

LISIMON.

Il vouloit donc l'éprouver.

PASQUIN.

Justement,

LISIMON.

Comment , corbleu , douter de l'Amour de ma fille
Eh pour qui nous prend-il ?

PASQUIN.

C'est un mal de famille ,
Et qui , de Pere en Fils , leur tient depuis longtems.

LISIMON.

Tous ses parens & lui sont des impertinens.

PASQUIN.

Il sçait, Monsieur que lorsqu'on se marie ,
On court de furieux hazards.

LISIMON.

Mais ma fille du moins méritoit des égards.
Avec ce faux récit , il a cru , je parie ,
Qu'elle l'éloigneroit.

PASQUIN.

Quel esprit pénétrant ?

LISIMON.

J'entends à demi-mot , je devine souvent ;
Ne t'embarrasse pas , mon cher, laisse-moi faire ;
Ceci n'est qu'un prêté rendu ,

B ij

Et tu verras comment je menerai l'affaire.
Je lui donne ma fille.

PASQUIN.

Oui, très-bien entendu.
Tout au mieux : vous avez des reſſources charmantes.

LISIMON.

Dans les affaires importantes.
Il faut payer de tête, & grace au Ciel j'en ai.

PASQUIN.

Et bonne, qui plus eſt.

LISIMON.

Oh je m'en vangerai.
Que j'aurai le plaiſir d'en rire !
Il ne ſçaura ce que cela veut dire.

PASQUIN.

Le tout ſera plaiſant, & bien imaginé :
Notre homme, en vérité, ſera tout étonné.

LISIMON.

Voilà nos gens ſi raiſonnables.

PASQUIN.

Ces beaux Conteurs, ces agréables . . . ?
Quelle pitié ?

LISIMON.

L'original !
Pour débiter toutes ces fables
Il devoit s'y prendre moins mal ;
Car, à travers les tons triſtes & lamentables,
Avec leſquels il contoit ſes romans,
Tiens, j'ai lû dans ces yeux . . . . .

PASQUIN, *riant avec Liſimon.*

Miroir toujours fidéle !

LISIMON.

Que ſa triſteſſe enfin n'étoit pas naturelle . . . . .
Sur ſon viſage, en de certains momens,
J'ai remarqué des mouvemens
Qui ſembloient tous le contredire.

PASQUIN, *éclatant de rire.*

Je n'y puis plus tenir ; de grace, finiſſez.

LISIMON.

Oui, je l'ai vu, te dis-je ?

PASQUIN.

C'eſt aſſez ;
Vous me feriez crêver de rire.

LISIMON.

J'étois presqu'assuré de ce que tu m'as dit.

PASQUIN.

Mais voyez ce que c'est que d'avoir de l'esprit !

LISIMON.

Satisfais au plutôt mon ame impatiente ;
   Va le chercher, dis-lui que je l'attends
Pour lui parler d'une affaire pressante ;
   Pars donc sans perdre plus de tems.

PASQUIN.

   Surtout *mous* au cas qu'il vienne.

LISIMON.

Je me conduirai prudemment.

PASQUIN, *allant & venant.*

Je risque, qu'il vous en souvienne.

LISIMON.

Avec lui, je n'aurai nul éclaircissement.

PASQUIN.

Un rien suffit.

LISIMON.

   D'accord.

PASQUIN.

   Moi, je tremble d'avance.

LISIMON.

Je serai très-discret.

PASQUIN.

   J'exige cet égard ;

Car je me dédirois.

LISIMON, *le poussant dehors.*

   Eh oui ! Quelle affluence !

A la fin je perds patience ;
Quel discoureur. Quel maudit babillard ?

SCENE VI.

LISIMON, LUCILE, NERINE.

LISIMON.

Vous venez à propos ; approchez, je vous prie,
Erafle vous est cher, il sera votre Epoux :

LUCILE.

Puis-je compter sur un bonheur si doux :
Se peut-il que je concilie
Mon amour pour Erafte, & mon respect pour vous.

LISIMON, *en riant.*

Je ris encor de sa folie :
La perte de ses biens n'est qu'un petit détour ,
Qu'il s'est imaginé devoir mettre en usage,
Pour voir avant son mariage....
Il vouloit , en un mot , éprouver votre amour.

LUCILE,

Eprouver mon amour !

LISIMON.

Oui , cela vous étonne.

NERINE.

De nous en étonner , n'avons-nous pas raison?

LISIMON.

Celui qui forme un injuste soupçon ,
Se deshonore plus que celui qu'il soupçonne.

NERINE.

Sur un soupçon très-souvent gratuit ,
On nous condamne , on est timpanisée ,
Passe encor quand on est justement accusée ;
Du moins cela fait du profit.
Alors , me direz-vous , le mal est sans remede ;
Si la honte le suit , le plaisir le précede.

LISIMON.

Quand il s'agit de conclure un hymen ,
On ne sçauroit trop faire d'examen ;
Si j'étois dans le cas de choisir une femme,
Je voudrois voir , morbleu , les replis de son ame.

NERINE.

On dit pourtant qu'il y fait bien obscur.

LISIMON.

Rendez aux soins d'Erafte un peu plus de justice ;
Car il vous aime , j'en suis sûr.

LUCILE.

Je ne veux plus le voir.

LISIMON.

Vous l'aimez , vain caprice ;
Vous le verrez.

LUCILE.

Je m'en garderai bien.

LISIMON.

Il le faut.

LUCILE.

Je né puis.

LISIMON.

Je veux qu'on m'obeïffe ;
Entendez-vous, ne lui témoignez rien.
Je fors, & de ce pas, je vais chez mon Notaire.
Il eft bon de le prévenir.
Au cas qu'Erafte vienne . . .

LUCILE, *tendremens*

Il doit donc revenir ?

LISIMON.

J'y compte, ou plutôt je l'efpere :
Recevez-le du moins fans aigreur, fans colere,
Tâchez de vous en fouvenir ;
Soyons myfterieux, puifqu'il veut du myftere.

SCENE VII.

LUCILE NERINE.

LUCILE.

ERafte foupçonnoit mon amour & ma foi ?

NERINE.

Les femmes, au fiécle où nous fommes,
Font tant de petits tours aux hommes,
Qu'il eft tout fimple felon moi,
Qu'Erafte à votre égard, ofe penfer de même ;
Il ne vous en aime pas moins.

LUCILE.

Il faut refpecter ce qu'on aime ;
Du véritable amour, voilà les premiers foins.

NERINE.

Quoiqu'il foit dans fon tort, fans lui chercher querelle,
Il faut l'gerement le lui faire fentir.
Son crime au fond, eft une bagatelle ;
Il a joui du trouble, & vous, Mademoifelle,
Vous jouirez du repentir.

LUCILE.

Mon courroux contre lui n'eft que trop légitime :
Je l'apperçois, Nerine, ah ! fuyons promptement ;

B iij

Souvent pour penser à l'amant,
L'amour fait oublier le crime.

SCENE VIII.

ERASTE LUCILE , NERINE , PASQUIN.

ERASTE , *retenant Lucile.*

Vous me fuyez, Madame ! à cet éloignement
Je n'aurois jamais dû m'attendre :
Au nom de l'amour le plus tendre,
N'augmentez pas l'horreur de mon tourment.
LUCILE , *fortant.*
Ce n'est que mon amour qui vous rend plus coupable.
ERASTE , *à part.*
Moi, coupable ! eh de quoi ? ce reproche m'accable.
PASQUIN , *à Nerine.*
Nerine, écoute-moi , je veux te dire un mot.
NERINE.
Laisse-moi , car tu n'és qu'un Sot .
Qui vaux encor moins que ton Maître.
Elle sort.

SCENE IX.

PASQUIN, ERASTE.

PASQUIN.

Ma foi, Monsieur le compliment est doux:
Faites-en les honneurs, car il s'adresse à vous.
ERASTE.
Je suis surpris tout autant qu'on peut l'être ;
Non , je ne reviens pas de mon étonnement;
Etoit ce pour me faire un pareil compliment,
Qu'on me rappelle ici ?
PASQUIN.
Fi donc. Quelle apparence.

ERASTE.

Elle me fuit ; quelqu'un l'anime contre moi ;
Quelqu'un, qui ne pouvant s'assurer de sa foi,
S'arme de mes malheurs, pour vaincre sa constance.

PASQUIN.

Sur ses pas Nerine revient ;
Est-ce pour l'excuser de son impertinence ?

SCENE X.

NERINE, ERASTE, PASQUIN.

NERINE.

Rendez-nous, s'il vous plaît, ce qui nous appartient.

PASQUIN.

Bon ! nous ne rendons rien, je t'en préviens d'avance.

NERINE.

Ma Maîtresse veut son portrait.

ERASTE.

Elle me réservoit encor ce dernier trait.

PASQUIN, à part.

Nous y voilà.

ERASTE.

Ce procédé m'étonne.

PASQUIN.

L'on ne reprend jamais ce que l'on donne.

NERINE.

Non pas quand vous le méritez.

PASQUIN.

Nous n'aimons pas ces puerilités.

ERASTE.

Va, dis-lui que je veux le lui rendre moi-même.

PASQUIN, à part.

Mon embarras devient extrême

NERINE, très-piquée.

Je veux . . . . Il vous sied bien d'avoir des volontés :
Voilà comment, trop foibles que nous sommes,
Par trop de complaisance, & par trop de bontés,
Nous perdons les trois quarts des hommes.
Il faut avoir bien peu de jugement

Pour avouer qu'on a pour eux quelque foiblesse ;
J'aimerois mieux cent fois étouffer de tendresse,
Que de leur faire voir le moindre attachement.
Affecter avec soin une rigueur extrême,
   Quoique l'on aime tendrement ;
C'est s'assurer la foi de l'objet que l'on aime ;
On étouffe l'amour en caressant l'amant.
Auprès de ma Maîtresse obstinée à vous nuire,
   De vos mépris je vais l'instruire ;
Et nous vous rendrons bien ce que vous nous prêtez
   Laissez-moi faire ; je vous jure,
Qu'en lui parlant de vous, comme vous méritez,
Je sçaurai dans son cœur vous peindre en mignature.
   Soupçonneux, défiant , jaloux ,
   Ingrat , volage , infidéle , & parjure,
Voilà le vrai, portrait d'un Amant tel que vous.
       Elle sort.

SCENE XI.

PASQUIN, ERASTE.

PASQUIN , *contrefaisant Nerine.*

TA, ta, ta, son caquet me mettroit en courroux,
  Avec le sexe on maudiroit sa vie ;
  On ne sçait jamais ce qu'on fait ;
  Crac . . . à la moindre fantaisie,
Monsieur , rendez-moi mon portrait,
  Mes billets doux . . quelles foiblesses !
  Qui diable pourroit accorder
L'amour avec ces petitesses.
N'en faites rien ; Il faut vous en garder.
    ERASTE.
Quelle est donc sa raison ; je n'en devine aucune
  Qui m'éclaircisse en pareil cas :
  Ah ! si c'étoit mon infortune,
Lucile me plaindroit , & ne me fuiroit pas.
Le sçaurois-tu Pasquin !
    PASQUIN.
    Des raisons ! j'en sçais une,

Et dont je crois que vous vous doutez bien.

ERASTE.

Explique-toi.!

PASQUIN.

Ma foi, Monfieur, je n'ofe.

ERASTE.

Qu'ai-je à craindre ! je perds ma Maîtreffe & mon bien.

PASQUIN, *à part.*

Un menfonge de plus ne fait rien à la chofe.
haut.

J'aigrirai vos chagrins, bien loin de les calmer.

ERASTE.

N'importe.

PASQUIN.

Soit. Lucile eft dans une colere
Que rien ne fçauroit exprimer :
Elle a trouvé mauvais que vous n'ayez fçu taire,
La perte de vos biens, loin de la confirmer ;
Qu'au contraire, il falloit, fi vous fçaviez aimer,
Tout employer pour abufer fon pere

ERASTE.

Lucile penferoit ainfi ?
Je ferois fon malheur.

PASQUIN.

Elle aime.

ERASTE.

J'aime auffi ;
Mais jufqu'aux lâchetés l'amour fait-il defcendre ?

PASQUIN.

Je l'apperçois de loin. Retirons-nous d'ici.

ERASTE.

Au contraire je veux l'attendre.

PASQUIN, *à part.*

De ma manœuvre il va fans doute être éclairci.
Je fuis mort. (*haut.*) Ignorez ; ne faites rien entendre.

SCENE XII.

LUCILE, ERASTE, PASQUIN.

LUCILE.

ON vous a de ma part, demandé mon portrait,
Et vous avez, dit-on, refufé de le rendre ;
Un tel refus a lieu de me furprendre.

ERASTE.

Apprenez-moi du moins ce que je vous ai fait.
En perdant votre amour, je dis plus, votre eftime,
Je crois qu'il eft de mon devoir
De m'informer quel eft mon crime.

LUCILE, *piquée.*

Mais feindrez-vous longtems de ne le pas fçavoir !

ERASTE.

Pour éloigner un amant que l'on aime,
Il faut d'autres raifons.

LUCILE.

Mais dites-moi vous-même,
Quelle raifon avez-vous à donner,
Pour croire que mon cœur doive vous pardonner ?

ERASTE.

Une délicateffe extrême,
Que vous ne fçauriez condamner.

LUCILE, *très-piquée.*

Votre délicateffe !.... Ah, quelle perfidie !
Rendez-moi mon portrait : le prétexte eft charmant.
Ne différez plus, je vous prie.

ERASTE.

Vous le voulez abfolument ....

PASQUIN, *à Lucile.*

De grace, attendez feulement
Que nous en ayons fait tirer une copie.

ERASTE, *tenant le portrait.*

Vous me privez cruellement
Du feul bien que j'ofois prétendre,
Et dont mon cœur faifoit le plus de cas.

LUCILE, *tendrement à part.*

Il a la force de le rendre ;

COMEDIE.

Et moi je fens que je n'ai pas
Le courage de le reprendre.

PASQUIN, *à Erafte.*

Gardez-le, on n'en veut pas. *haut.* Que les amans font foux!
à Lucile.

Ne faut-il pas fe paffer quelque chofe.
à Erafte.

Votre air froid, & glacé contre vous l'indifpofe.

LUCILE.

Tout le refte de la Scene fe paffe très-vivement.

Je fuis outrée.

PASQUIN, *à Lucile.*

Allons, modérez-vous.

ERASTE, *à part.*

O ciel qu'elle eft injufte.

PASQUIN, *à Erafte.*

Et vous, filez plus doux.

LUCILE, *à part.*

Soupçonner ma tendreffe!

PASQUIN, *à Lucile.*

Il a tort; mais de grace
Fermez les yeux fur tout ce qui fe paffe.

ERASTE, *à part.*

Blâmer ainfi l'excès de ma fincérité!

PASQUIN, *à Erafte.*

Je fçais que la raifon eft de votre côté
Mais vous fçavez auffi que lorfqu'une femme aime,
Elle eft,.... elle eft toujours extrême.

Ils détournent la tête, & Pafquin dit, après les avoir fixés.

Le beau coup d'œil.... j'en fuis déconcerté,
A vous raccommoder votre amour vous exhorte.

ERASTE.

Vous me rendrez plus de juftice un jour;
A des procédés de la forte,
Vous deviez tout au moins mefurer mon amour.

LUCILE, *avec mépris.*

Votre amour.... il eft vrai que la preuve en eft forte.

PASQUIN, *à part.*

S'ils s'entendent, je veux que le Diable m'emporte.
à Lucile.

Votre pere paroît, vous finirez après.

LUCILE.

Adieu, Monfieur, avec lui je vous laiffe;

N'attendez rien de ma tendreſſe.
Elle ſort très-vivement.

SCENE XIII.

ERASTE, PASQUIN.

ERASTE.

JE ne l'apperçois point.
                PASQUIN.
                        Bon ? Je l'ai dit exprès.
J'ai vû l'inſtant où la querelle
Riſquoit de s'animer beaucoup plus que jamais....
            ERASTE.
        Ah ! je voulois m'expliquer avec elle
            PASQUIN.
Cela viendra , Monſieur , oui , je vous le promets.
        Définiſſez l'eſprit femelle.
            ERASTE.
Je ne puis plus reſter dans le trouble où je ſuis ;
    Attends-moi là ; je vais trouver ſon pere ;
Peut-être pourra-t-il m'éclaircir ce myſtere ;
Rien ne peut augmenter mon trouble & mes ennuis.

SCENE XIV.

PASQUIN, ſeul.

CEci paſſe le badinage :
J'avois peur , j'en conviens , j'ai conjuré l'orage ;
    Peut-être encor n'eſt-il pas loin ;
    Voici , Nerine ; elle eſt diſcrette & ſage ,
De ſon ſecours je puis avoir beſoin.
    Riſquons l'entiere confidence.

SCENE XV.

NERINE, PASQUIN.

NERINE.

Ils parlent tous les deux
Presqu'en même-tems.

JE viens Pasquin te faire part . . . .
PASQUIN.
Et moi, je veux t'inſtruire à tout hazard.
NERINE.
D'une nouvelle d'importance.
PASQUIN.
D'un ſecret qui m'étouffe en gardant le ſilence.
NERINE.
Eraſte . . . .
PASQUIN.
Qu'un rien étourdit . . . .
NERINE.
Devoit moins ſe preſſer dans une telle affaire ;
Et toi....
PASQUIN.
Si tu ſçais ce myſtére ;
Le Diable doit te l'avoir dit.
NERINE.
Quoi dit ? qu'Eraſte, avant la fin de la journée,
Doit recouvrer ce qu'il avoit perdu !
PASQUIN, *avec transport.*
Eſt-il poſſible ? Ai-je bien entendu ?
Que je t'embraſſe.
NERINE, *reculant.*
Paix.
PASQUIN.
Oh, tu fais l'obſtinée.
Cela ſera pourtant, car je l'ai réſolu.
Après l'avoir embraſſée.
Parle à préſent, Tu l'as voulu.
NERINE.
On ſçait qu'à ſon amour Lucile eſt deſtinée ;

Et qu'une femme au jour de l'hymenée
Sur son époux peut prendre....

PASQUIN.

Un empire abfolù.

NERINE.

C'eft bien le moins.

PASQUIN.

Sans doute

NERINE.

On vient, dans cette idée,
La prier d'affoupir cette affaire.

PASQUIN.

Aujourd'hui !

NERINE.

Dès ce foir.

PASQUIN.

Mais, dis-moi, lui rendra-t'on tout ?

NERINE.

Oui ;

PASQUIN

Je fuis forcier, la chofe eft décidée.

NERINE.

Comment ?

PASQUIN.

Si tu fçavois ce que j'ai fait pour lui ;
J'en ris encor; il faut que je te le déclare :
J'ai dit à Lifimon....

NERINE.

Ah : ah : je fuis au fait.
Je le comprends.

PASQUIN.

Eh bien, fuis-je un fourbe parfait ?

NERINE.

Sois modefte, Pafquin, ce talent n'eft pas rare.

PASQUIN.

Je connois ce vieillard plûtôt vilain, qu'avare ;
Il s'embarraffe peu du tort qu'on nous a fait ;
Il eft riche, difois je, il faut qu'il le répare.

SCENE

SCENE XVI.

LISIMON, PASQUIN, NERINE.

LISIMON.

Ecoutant au fond du
Theâtre sans être apperçu.

QUe font-ils là ! parleroient ils de moi!

PASQUIN.

C'eſt un cœur dur.

NERINE.

Sous l'air de bonne-foi.

LISIMON, *à part.*

De tenir ce diſcours auroient-ils l'inſolence !

PASQUIN.

Soupçonneux à l'excès.

NERINE.

Rempli de défiance.

LISIMON, *à part.*

Eraſte eſt défiant: voyons juſqu'à la fin.

PASQUIN.

C'eſt un benet.

NERINE.

Et qui ſe croit très-fin.

PASQUIN, *apperçevant Liſimon.*

Il nous écoute.

NERINE.

O Ciel !

PASQUIN, *d'un ton très-aſſuré.*

Sa ruſe eſt inutile :
Il a beau faire ; il faut qu'il épouſe Lucile ;
Je ſuis ſûr qu'il l'épouſera.

NERINE.

Qu'il me tarde !

PASQUIN.

Avec nous le Public en rira.

LISIMON, *les abordant.*

J'admire votre zéle à me rendre ſervice,

C

LA RUSE INUTILE;
Car j'écoutois votre entretien.

PASQUIN.

Nous ne faisons, Monsieur, que vous rendre justice.

LISIMON.

Aussi l'ai-je compris. Ne soupçonne-t-il rien ?
Parle-moi, parle-moi franchement.

PASQUIN.

Qui, mon maître !

LISIMON.

S'il ne soupçonnoit rien, il auroit dû paroître.

NERINE.

Il vient de sortir à l'instant.

PASQUIN.

Il vous cherche.

LISIMON.

Et Lucile...

NERINE.

Il l'a vue un moment.

PASQUIN.

Ils se sont querellés ; c'est un petit nuage
Avant-coureur du Mariage.

LISIMON.

Tant pis, cela pourroit causer quelque embarras.

NERINE.

Monsieur, ne vous allarmez pas.
Croyez-vous qu'elle s'en souvienne !
A son Amant tenir rancune ? y pensez-vous !
C'est tout ce qu'on peut faire en faveur d'un Epoux.

LISIMON.

Le Sexe à de l'humeur, & je connois la sienne.

NERINE.

Elle fera ce qu'il convient :
Je vais l'en prévenir.

Elle sort.

PASQUIN.

Ah ! mon Maître revient.

LISIMON, *vivement.*

Eh bien va chercher mon Notaire ;
Il demeure ici près, il n'est qu'a quatre pas,
Pour finir plûtôt cette affaire,
Avec toi tu l'emmeneras !

SCENE XVII.

LISIMON, ERASTE.

LISIMON.

Vous avez vû ma fille, on m'en a rendu compte.

ERASTE.

Oui ; Monſieur.

LISIMON.

Convenez que ſon humeur eſt prompte.
Ne vous allarmez pas ; ſuivez votre deſſein :
Sans rien examiner de tout ce qui ſe paſſe,
Ne me ferez-vous pas la grace
D'accepter aujourd'hui ſa main ?

ERASTE.

Moi , l'épouſer ?

LISIMON.

Je ſçais tout le Myſtere :
Vous n'avez dans vos biens aucun dérangement,
Puiſqu'il faut vous parler d'une façon plus claire ;
Et vous l'avez feint ſeulement,
Pour éprouver ma fille.

ERASTE.

O ciel ! Quelle impoſture !

LISIMON.

N'affectez plus un air d'étonnement,
Si la ruſe déplaît , le motif me raſſure.
Vous avez tous vos biens, & je ne ſuis pas, moi,
La dupe de cette avanture.

LISIMON.

Ah ! Monſieur, vous voulez m'éprouver, je le voi.

LISIMON.

A votre air, je pourrois encor prendre le change,
Mais Paſquin plus ſincere . . . .

ERASTE.

Eh quoi Paſquin . . . qu'enten'ls-je !

LISIMON.

Vous ne le démentirez pas.

ERASTE.

Il vous en impoſoit, il faut que je vous vange.

C ij

SCENE XVIII.

PASQUIN, LISIMON, ERASTE.

PASQUIN.

LE notaire, Monfieur, fuivra bien-tôt mes pas,

ERASTE.

Viens fourbe, approche, double traître ;
Eft-ce ainfi que tu fuis les ordres de ton maître ?

PASQUIN

Pour y manquer, j'en fais un trop grand cas.

ERASTE.

Qu'as-tu dit !

PASQUIN.

Moi ! rien.

ERASTE.

rien !

PASQUIN.

Non, Monfieur, rien, vous dis-je,
Parbleu je le fçaurois.

LISIMON.

Qu'il parle, je l'exige.

PASQUIN, *bas à Lifimon.*

Que diable faites-vous ! pourquoi le demafquer ?

LISIMON.

Rufe inutile : il faut devant nous t'expliquer.
Tu nous trompois coquin.

PASQUIN.

Moi, vous tromper !

LISIMON.

Sans doute,

Je t'abandonne à fon reffentiment,
Si tu n'en conviens pas : écoute.

à Erafte.

Moderez-vous, je vous prie, un moment.

à Pafquin.

Ton maître a-t'il douté qu'on l'aimât tendrement !
De l'amour de ma fille a-t'-il fait une épreuve !

PASQUIN.
La chose ne seroit pas neuve.
LISIMON.
Réponds-moi positivement.
PASQUIN.
Que sçais-je ? les Amans pensent si follement.
LISIMON, *à Eraste.*
Je puis vous assurer qu'il me la dit.
ERASTE, *en colere.*
L'infame?
LISIMON.
Calmez encor les transports de votre ame.
ERASTE, *plus vivement.*
Ces coquins-là sont capables de tout.
PASQUIN, *avec frayeur.*
Aïe...
LISIMON, *retenant Eraste,*
Je vais le pousser à bout.
Pasquin.
Ne m'assurois-tu pas (*à Eraste.*) voyez son stratagême ;
à Pasquin.
Que sa fortune étoit toujours la même :
à Eraste.
Il va me le nier.
PASQUIN, *fierement.*
Je ne m'en dédis pas ;
à Eraste.
Pouvez-vous l'ignorer ?
ERASTE, *furieux.*
L'impudence est extrême ;
Ah de grace, Monsieur, n'arrêtez plus mon bras.

SCENE XIX. & derniere.

TOUS LES ACTEURS,

LUCILE, *retenant le bras d'Eraste.*

Eraste, suspendez cet excès de colere.
ERASTE.
Je vous vange en le punissant.

LUCILE.

Que vous a-t-il donc fait !

ERASTE.

L'affront le plus fanglant.
Na t-il pas fuppofé (puifqu'il ne faut rien taire)
Que je voulois éprouver votre amour.

LUCILE.

Je l'ai cru ; mais je viens d'apprendre le contraire.

LISIMON.

Approuvez-vous un pareil tour ?

LUCILE.

Je pourrois l'approuver , mon pére ,
Si je ne confultois que fon intention.
J'en développe le myftére.

PASQUIN , à *Lucile.*

Madame , accordez-moi votre protection.

ERASTE.

Vous excufez un fourbe , un témèraire....

LUCILE.

Songez à vous livrer à des tranfports plus doux.

ERASTE.

Ah ! le puis-je : je vais me féparer de vous.

LUCILE.

C'eft à vous de fçavoir ce que vous devez faire :
Mais les parens de l'homme en queftion ,
Eux-mêmes fe chargeant de la punition ,
Sont venus me prier d'affoupir cette affaire :
Vos effets , votre argent , tout vous fera rendu.

PASQUIN , *impudemment.*

Je le fçavois.

ERASTE.

O Ciel ! ai-je bien entendu !
Tendrement.
Me rendront-ils votre tendreffe !

NERINE.

Ne craignez rien , Monfieur , je connois ma maîtreffe
Ah quels regards ! fon cœur eft à vous, j'en réponds.

PASQUIN , *infolemment à Lifimon.*

Vous voyez bien qu'il eft dans l'opulence
Réparez mon honneur ; fuis-je de ces fripons ....
Une autre fois refpectez l'innocence

LISIMON.

C'eft un fripon ....

NERINE.
Fripon, par principe d'honneur
Et selon moi son crime est pardonnable.

LISIMON.
Songez à faire son bonheur.
Vous n'êtes plus piquée, Eraste est riche, aimable,

LUCILE.
Dans le cœur d'un Amant qui nous a sçu charmer,
L'Amour ne connoî d'autre crime
Que celui de ne pas aimer.
Quand même mon dépit eût été légitime,
Un seul de vos regards auroit pû l'étouffer.
Vous m'aimez ; qu'il est doux de faire triompher
L'estime par l'amour, & l'amour par l'estime.

ERASTE.
De cet aveu mon cœur est enchanté.
Lucile.... ah mon bonheur égale ma tendresse.

LISIMON.
Vous nous avez fait voir que si l'adversité
Sert quelquefois d'écueil à la sagesse,
Elle pourroit servir sans cesse,
De triomphe à la probité.

FIN.

APPROBATION.

J'AI lû par ordre de Monseigneur le Lieutenant Général de Police, *la Ruse Inutile*, Comédie ; je crois qu'on peut en permettre l'impression. A Paris ce 23 Octobre 1749.

CRE'BILLON.

Vû l'Approbation, permis d'imprimer à la charge d'enregistrement à la Chambre Syndicale, ce 24 Octobre 1749.

BERRYER.

Registré sur le Livre de la Communauté des Libraires & Imprimeurs de Paris, N°. 3352 fol. conformément aux anciens Réglemens. A Paris, ce 4. Novembre 1749.

LEGRAS, *Syndic.*

www.ingramcontent.com/pod-product-compliance
Lightning Source LLC
Chambersburg PA
CBHW061701180626
46818CB00003B/1196